Rüya Hırsızı

Dreamstealer

Written *by* Elaine Joseph

Illustrated by Maggie Raynor

Turkish Translation by Seda Kervanoğlu

Mantra

Megan en sevdiği oyuncağına, "Kıpırdamadan otur Elly ve şu kırık bacağına bakmama izin ver" dedi.
O arada annesi, "Gel kızım," dedi. "Eminim birgün veteriner olacaksın ama şimdi yatağa gitme zamanı."

"Sit still Elly and let me look at your broken leg," Megan said to her favourite toy.
"Come girl," Mum said. "One day I am sure you will be a vet, but right now it's time for bed."

O gece Megan rüyasında birçok hasta
hayvana baktığını ve onları iyileştirdiğini
gördü.

That night Megan dreamt she was taking
care of many sick animals and making
them better.

Birden bire rüyasına vahşi bir
yaratık girdi.

Suddenly, into her dream came a
fierce creature.

Parlayan gözlerini Megan'a dikerek, "Ben Rüya Hırsızıyım! Senin rüyan, küçük kız, hiç bir zaman gerçekleşmeyecek!" diye kükredi.

He fixed his glittering eyes on Megan, then let out a roar:
"I am the Dreamstealer! Your dream, little girl,
will never come true!"

Megan'ın rüyasını bir filenin içine tıkıp, rüyanın dışarı çıkmak için çırpınmasına aldırmadan pencereden dışarı uçup gitti.

He scooped up Megan's dream into a net and flew out of the window, with the dream struggling to break free.

Onu ayın karanlık tarafındaki kalesine götürüp, çaldığı bütün rüyaları koyduğu odaya kilitledi. "Çok yakında dünyadaki tüm rüyalar benim olacak!" diyerek güldü.

He took it back to his castle on the dark side of the moon and locked it in the Room of Stolen Dreams. "Soon all the dreams in the world will be mine!" he laughed, scratching his boils.

Ertesi gün boyunca Megan kendini çok mutsuz hissetti ve durmadan homurdandı. Annesi yavaşça sordu, "Neyin var? Çok üzgün görünüyorsun. Gözündeki pırıltı sönmüş."

The next day Megan felt miserable and grumbled she had lost something.
"What's the matter?" Mum asked gently. "You look so sad. All the sparkle has gone out of you."

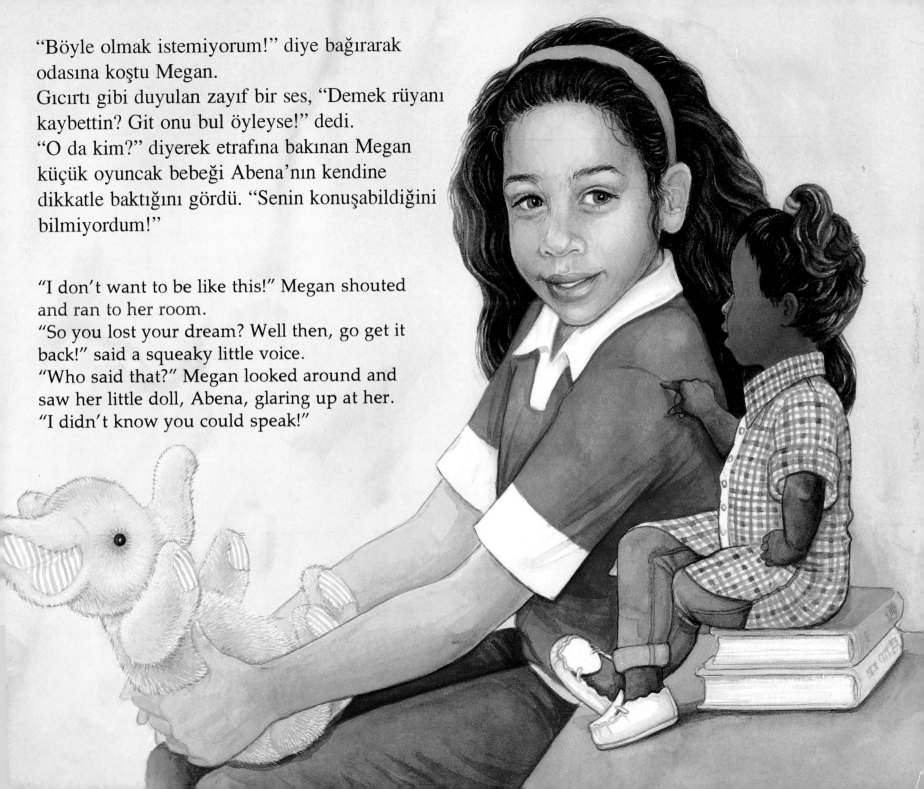

"Böyle olmak istemiyorum!" diye bağırarak
odasına koştu Megan.
Gıcırtı gibi duyulan zayıf bir ses, "Demek rüyanı
kaybettin? Git onu bul öyleyse!" dedi.
"O da kim?" diyerek etrafına bakınan Megan
küçük oyuncak bebeği Abena'nın kendine
dikkatle baktığını gördü. "Senin konuşabildiğini
bilmiyordum!"

"I don't want to be like this!" Megan shouted
and ran to her room.
"So you lost your dream? Well then, go get it
back!" said a squeaky little voice.
"Who said that?" Megan looked around and
saw her little doll, Abena, glaring up at her.
"I didn't know you could speak!"

"Bunu açıklamak için zamanım yok. O Rüya Hırsızı, senin rüyanı çalan. Onu geri almallsın."

"Fakat o çok vahşi ve ben ondan korkuyorum," dedi Megan.

"Ben umutluyum, sen umutlusun, herkes biraz umutlu şimdi şu yıldız tozunu ve halatı al, bunlar sana yardımcı olacak." diye yanıtladı Abena.

"I don't have time to explain. The Dreamstealer is the one. He stole your dream. You have to get it back."

"But he's so fierce. I'm scared," said Megan.

"I got hope, you got hope, everybody got a little bit of hope. Here, take this stardust and rope to help you," answered Abena.

"Simdi havaya biraz yıldız tozu savur
ve bir dilek dile. Sonra da dileğinin
yolunu izle."
Megan yıldız tozunu havaya savurdu ve
dileğini diledi. Birdenbire gözlerinin önünde
bir yol belirdi. Elinde halatıyla, yola dikkâtlice
adımını atarak Rüya Hırsızının kalesine doğru
koşmaya başladı.

"Now throw some stardust and make a
wish, then follow the path of your wish."
Megan threw the stardust and wished
and wished. Suddenly there before her
eyes was a path. She stepped carefully
onto it and taking the rope, she ran
towards the Dreamstealer's castle.

Büyük kapıların arasından,

Through the big gates,

avluyu geçerek... across the courtyard...

Rüya Hırsızının mışıl mışıl uykuya daldığı
masanın bulunduğu büyük salona girdi.

into the main hall, where at a table
sat the Dreamstealer, fast asleep.

Megan bazı anahtarlar gördü
ve halata onu masanın üzerine
çıkarmasını emretti.

Megan saw some keys and
commanded the rope to lift her
onto the table.

Anahtarları çabucak kapıp oradan oraya
koşarak Rüya odasını aramaya koyuldu.

She quickly grabbed the keys and ran
from door to door looking for
the Dream Room.

Sonunda onu gördü!
Halatı merdivenlere doğru
çevirip, hızlıca yukarı çıktı.
Anahtarı kapı deliğine koyup
kilidi açtı.

Suddenly she saw it!
Turning the rope into stairs, she
ran up them, put the key in the
door and unlocked it.

Rüya odasının kapısını
itip açtı ve...

She pushed open the door
of the Dream Room
and...

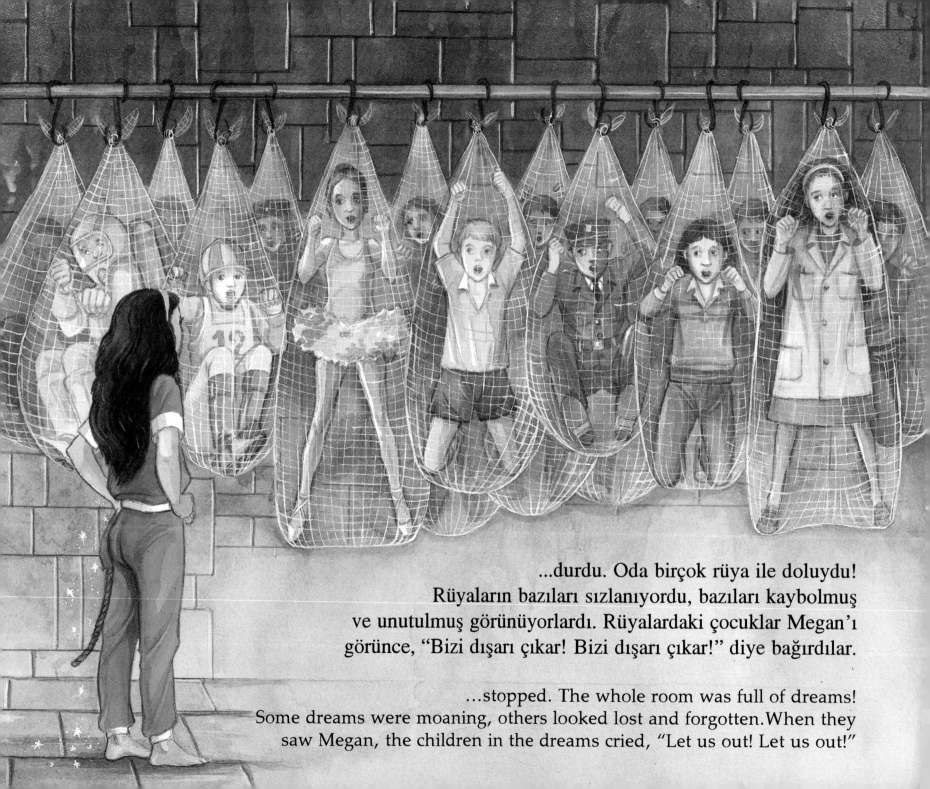

...durdu. Oda birçok rüya ile doluydu!
Rüyaların bazıları sızlanıyordu, bazıları kaybolmuş
ve unutulmuş görünüyorlardı. Rüyalardaki çocuklar Megan'ı
görünce, "Bizi dışarı çıkar! Bizi dışarı çıkar!" diye bağırdılar.

...stopped. The whole room was full of dreams!
Some dreams were moaning, others looked lost and forgotten. When they
saw Megan, the children in the dreams cried, "Let us out! Let us out!"

Megan odanın öteki tarafına koşup, pencereleri
açtı ve tüm rüyaları serbest bıraktı.
Yaptığı iş ile çok meşgûldü bu yüzden
Rüya Hırsızı'nın uyandığını duymadı.

Megan ran across the room, threw the windows open
and set the dreams free. She was so busy she didn't hear the
Dreamstealer waking up.

Rüya Hırsızı esneyip gerindi, ve aniden karanlık odanın ortasında pırıldayan yıldız tozu izini gördü. "BENİM KALEMDE KİM VAR?" diye kükredi.

The Dreamstealer yawned and stretched and suddenly in the dark room he saw the trail of glittering stardust. "WHO'S IN MY CASTLE?" he roared.

Büyük salonda ağır kocaman ayaklarıyla
yeri inleterek bir kapıdan diğerine
yürüdü ve ağzından etrafa alev
saçarak herşeyi yakıp yıktı.

His heavy hooves boomed
through the great hall as he
went from door to door and
with his fiery breath he
burned them all down.

Megan onun gittikçe
yaklaştığını duydu ve sonra Rüya
odasının kapısı alevler içinde kaldı.
"Demek rüyanı bulmaya geldin.
Şimdi burayı hiç terkedemeyeceksin!
Ha Ha!" diye gürledi Megan'a
doğru koşarken.

Megan heard him coming nearer and
nearer and then - the door of the Dream
Room burst into flames.
"So, you came looking for your dream.
Now you will never leave here. Ha Ha!"
he howled as he ran towards Megan.

"Hadi yukarı!" diye emretti Megan halata. Halat onu yukarı pencereye kaldırdı. Megan hemen havaya biraz yıldıztozu savurdu ve bağırdı, "önüme çıkacak yol beni evime götürsün" sonra yola atlayıp, koştu, koştu, koştu....

"Up rope!" Megan commanded and it lifted her onto the windowsill. She quickly threw some stardust and shouted, "I wish for a path to take me home." She jumped onto the path and ran and ran...

...fakat Rüya Hırsızı onun tam arkasındaydı.　　　...but the Dreamstealer was never far behind.

Megan rüzgâra savurduğu yıldıztozuna, "Rüya Hırsızı bir daha rüya çalmayacağına söz verinceye dek hapsolsun," dedi.

With the stardust drifting in the wind, Megan said, "I wish the Dreamstealer is locked away until he promises never to steal dreams again."

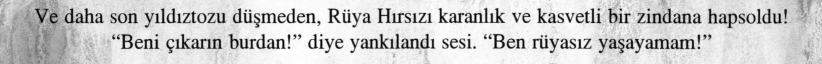

Ve daha son yıldıztozu düşmeden, Rüya Hırsızı karanlık ve kasvetli bir zindana hapsoldu!
"Beni çıkarın burdan!" diye yankılandı sesi. "Ben rüyasız yaşayamam!"

And before the last of the stardust had fallen, the Dreamstealer
was locked in a dark and gloomy dungeon!
"Let me out!" his voice echoed.
"I cannot live without dreams!"

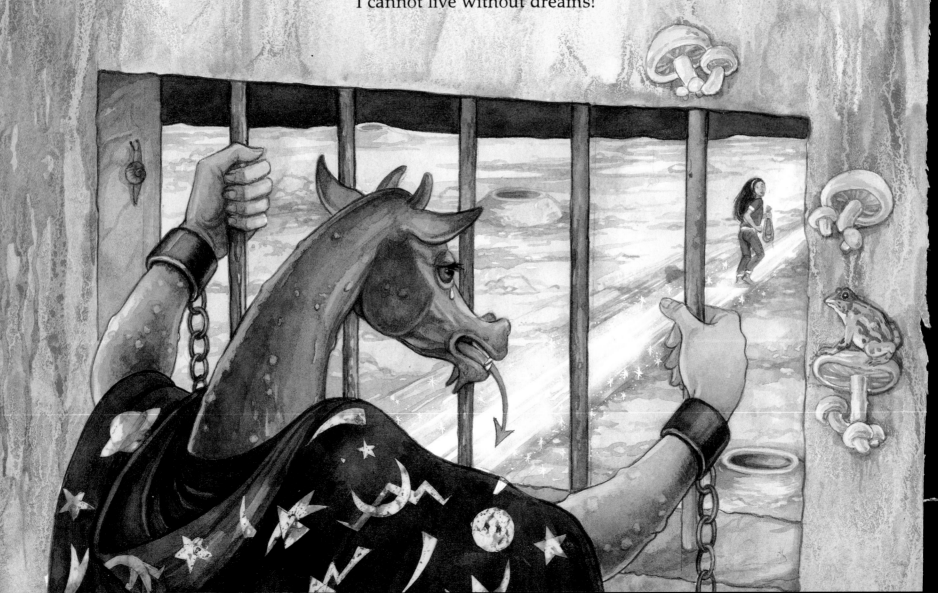

"Fakat SEN BİZİM rüyalarımızı çaldın!" diye bağırdı Megan eve doğru koşarken.

"But YOU stole OUR dreams!" Megan cried as she ran towards home.

Abena evde onu bekliyordu. "Rüyanı geri aldın mı?" diye sordu.
"Evet ve bütün diğer rüyaları da serbest bıraktım! Fakat Abena, Rüya Hırsızına ne olacak?" diye sordu Megan.
"Çok üzgün görünüyordu, ona kendi rüyasını bulması için yardım etmelisin. O zaman diğer insanlarınkileri çalmayacaktır."
"Eğer gerçekten üzgünse, ona yardım edebilirim," dedi Abena.

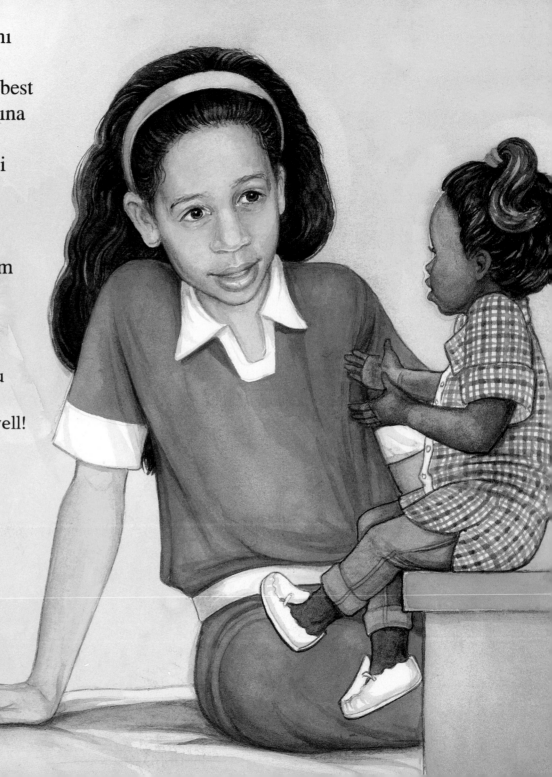

Abena was waiting for her. "Did you get your dream back?" she asked.
"Yes and I set many others free as well! But Abena, what about the Dreamstealer?" Megan asked.
"He looked so sad, you have to help him to have his own dream.
Then he won't need to steal other people's dreams."
"Well, if he's sorry for true, I *might* help him," said Abena.

Tam o sırada, Megan'ın annesi odaya girdi.
Megan'a sıkıca sarılarak, "Çok daha iyi görünüyorsun.
Tatlı rüyalar!" dedi.
Megan Abena'ya göz atıp gülümsedi.

Just then, Megan's Mum came into the bedroom.
"You look much better," she said,
giving Megan a tight hug.
"Sweet dreams?"
Megan glanced at Abena
and just smiled.

To Jonathan, James and Sinead - E.L.
For Sarah and Eva, Robyn and Eliza - M.R.

Litho originations by Reprospeed Ltd, London
Printed in Hong Kong by South China Printing Co. (1988) Ltd.

Mantra Publishing Ltd
5 Alexandra Grove
London N12 8NU
Great Britain
Tel: 0181 445 5123